U0141289

# 祭典裡的小妖怪
# 人臉棉花糖

齊藤 洋・作　　宮本悅美・繪　　伊之文・譯

飄浮神轎……4
搖咧哥與水啦姊……14
妖怪紙網……28

祭典樂子小姐……38
萬聖節擬真妖怪……46
人臉棉花糖……50
盂蘭盆狂舞魔……66

# 飄浮神轎

到了半夜，如果獨自一個人走在路上，聽到遠處傳來一陣氣勢如虹的吆喝聲……

嘿咿咻！嘿咿咻！
學校

那可能是小妖怪「飄浮神轎」。

但是豎起耳朵仔細聽，卻沒有聽到任何抬轎人的腳步聲。

睜大眼睛看清楚，會發現沒有人在抬轎，而是神轎自己飄浮在半空中，一邊搖晃一邊前進。

如果真的在路上遇見這座神轎，千萬不可以跟它走喔！

曾經有人因為好奇而跟在它後面，卻沒有人能平安歸來……如果只是對著它行注目禮的話，倒是不要緊。

這座神轎乍看像是自己浮在空中，但仔細觀察轎子底下，其實有一隻巨大的隱形手掌撐住它。

這股支撐它的神祕力量，究竟是什麼呢？

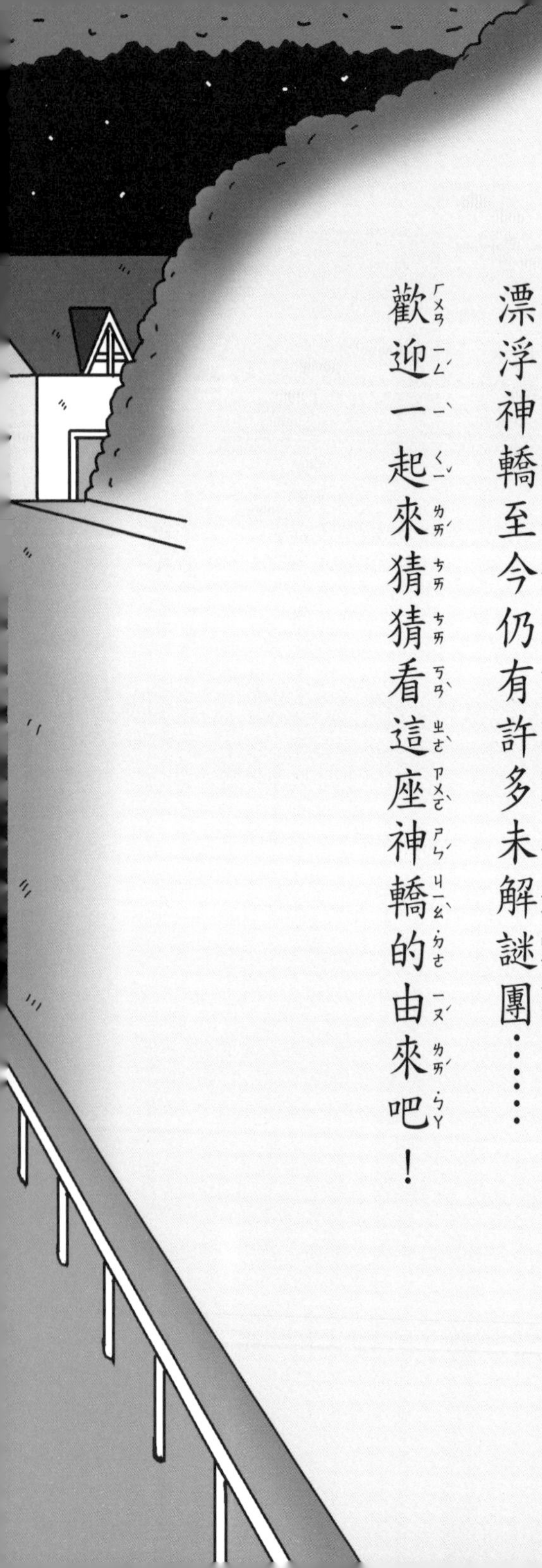

為什麼神轎會大半夜出現在街上？
神轎不停前進，到底要去哪裡？
那隻隱形巨手，是誰的手呢？
漂浮神轎至今仍有許多未解謎團……
歡迎一起來猜猜看這座神轎的由來吧！

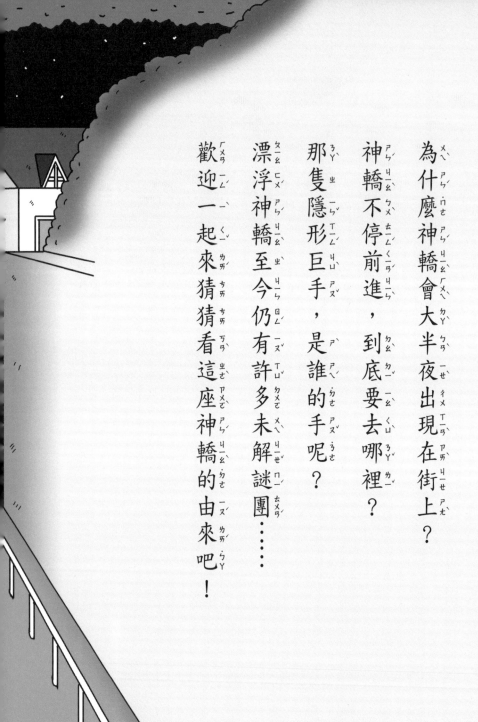

這座神轎是不是只會出現在落單的人面前呢？

# 搖咧哥與水啦姊

在前往祭典的路上，可能會遇到一對年輕男女迎面走來，大哥哥穿著祭典服，大姊姊穿著浴衣。

真擔心我抬不動神轎……

前方大哥哥突然高舉雙手，大叫：「搖咧！」

大姊姊也同樣舉高雙手，大喊：「水啦！」

「水啦！水啦！水啦！水啦！」大姊姊連喊了四次。

每喊一次，就有兩隻手分別從她的左側和右側伸出來，由上到下、越長越多！

若看到這種狀況，小朋友可能會心想：「原來如此！還以為只有大姊姊一個人，原來是五個人排成一列啊！」

小朋友若無其事的繼續往前走，和他們擦身而過……赫然發現大姊姊真的有很多隻手！

如果看到這種情況，這對男女並不是普通人類，而是小妖怪「搖咧哥與水啦姊」。

小朋友大吃一驚後再盯著瞧，搖咧哥與水啦姊又重複一次剛才的舉動，這次左側和右側各跑出了五隻手！

水啦！水啦！水啦！水啦！水啦！
搖咧！
祭

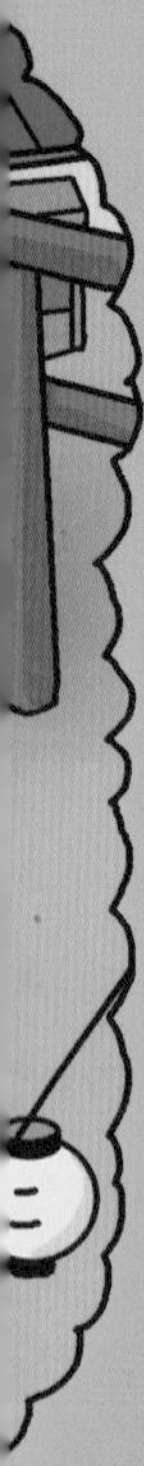

唱完之後，他們就會瞬間消失無蹤，所以沒事啦……不！其實有事。

搖咧哥與水啦姊真正的目的，是專程來聲援這位小朋友，祝福他在祭典上表現良好不失常，抬神轎順利！

那天祭典，我有看到你在抬神轎耶～超帥！

# 妖怪紙網

舉辦祭典活動時，寺廟的周圍總是會有各式各樣的路邊攤。

撈金魚也是常見的攤位之一，遊客可以使用圓形的紙網挑戰撈金魚遊戲。

可惡，網子的紙又破掉了，我一條魚都沒撈到！
撈金魚

撈魚網的紙一碰到水就很容易破掉，所以玩這個遊戲很需要技巧。

請注意！就算一隻魚都沒撈到，也絕對不能在池裡胡亂玩水，當然也不能拿網子戳金魚！

釣水球
炒

如果遇到愛搗蛋的小孩，破掉的紙網上就會出現一隻大眼睛，這時候就算迅速放開把手，也措「手」不及了！

紙網的把手會瞬間伸長、越伸越長……然後把欺負金魚的人一圈又一圈的捲起來，丟進池裡！

嘿ㄏㄟ！
撲ㄆㄨ通ㄊㄨㄥ！

其他客人嚇了一跳，紛紛探頭望向水池，他們只看到一支破掉的紙網浮在水面上，而剛剛掉進水裡的人，徹底消失了……

仔細一看，水池裡好像莫名的多出一隻沒看過的金魚……

即使撈不到金魚，也絕對不可以惱羞成怒，做出搗亂或是不愛護動物的行為喔！

如果紙網破掉了，就再買一支新的吧！

沒撈到別難過，因為你很守規矩，
我免費送你一隻金魚帶回家吧！
撈

# 祭典樂子小姐

小妖怪「祭典樂子小姐」是一位大美女。她總是身穿和服，紮起一頭烏黑亮麗的秀髮，手上提著燈籠。

她最喜歡在夜間的祭典上找樂子。

烤香腸
鐵板燒
棉花糖
糖葫蘆
炒麵
巧克力香蕉

樂子小姐只要看到有年輕帥哥獨自逛祭典，就會向前搭訕他：「那裡有一座神奇的神轎，只有帥哥才抬得動，你要來試試看嗎？有興趣的話就跟我來吧！」

原來還有這種神轎啊？我想抬抬看！

萬一帥哥答應邀約，他就會被樂子小姐手上的燈籠光速吸進去！

最後的下場，當然是被吃掉了……

你是今天第三個獵物！
先把你放進冷凍庫保存好了。

就算有年輕帥哥被樂子小姐引誘，只要堅定的拒絕，樂子小姐就會自討沒趣的走開了。

小孩、女生、長相平凡的男生、年老的型男，這些人都不是樂子小姐的目標，所以不用擔心！

可惡，今天零收穫，
只好回家吃冷凍帥哥了！
炒麵
旋風薯塔
刨冰
巧克力香蕉

# 萬聖節擬真妖怪

萬聖節變裝遊行來了！如果活動當天，有一群穿著正常服飾的人走在隊伍中，他們說不定是「萬聖節擬真妖怪」。

小妖怪超好看
為什麼他們沒有扮裝呢？

這群看起來沒有扮裝的人類，其實都是小妖怪！他們本來的長相，就很像萬聖節遊行會出現的妖怪，一看外型，就知道他們不是人類。

換句話說，「人類」就是這群小妖怪變裝的角色啦！他們只是外型改變而已，不會傷害人，所以遇到他們，也不用怕喔！

變成人類真好玩！
活動結束了，回家吧！

# 人臉棉花糖

在祭典上買了棉花糖真開心！但是吃之前，請先看清楚棉花糖上有沒有一張臉呢？

如果有，那其實是小妖怪「人臉棉花糖」。

燒ㄕㄠ
棉ㄇㄧㄢˊ花ㄏㄨㄚ糖ㄊㄤˊ
棉ㄇㄧㄢˊ花ㄏㄨㄚ
パンダ

棉花糖是小妖怪的話，當然不能吃，不然會肚子痛喔！

但如果直接把人臉棉花糖丟進垃圾桶，棉花糖就會瞬間膨脹變大，從垃圾桶裡爆出來！

巧克力香蕉
炒麵
炸熱
不可燃垃圾
可燃垃圾

人臉棉花糖會在「祭典」上違規「記點」，然後懲罰浪費食物的人。

大量湧出來的棉花糖，就會一圈又一圈、不停的纏繞住那個人的身體，最後他整個人變得超級巨大，就像是一支名符其實的「人肉棉花糖」！

巧克力香蕉
面具
章魚燒

都變成這副模樣，該慶幸脖子以上沒事嗎？還是只能樂觀的開自己玩笑：「吃下人臉棉花糖，變成人肉棉花糖！」或是大方的請路人幫忙吃掉身上的棉花糖：「要不要吃我啊？」

釣水球
章魚燒
蘋果糖
刨

別白費功夫了！纏在身上的棉花糖永遠吃不完！棉花糖只會永遠黏在那個人身上，跟他一起長大，注定要一輩子當人肉棉花糖了！

唯一的好處就是……冬天很保暖，但夏天熱得要命！

我不只抱起來很溫暖，愛你的心也暖呼呼，所以請別介意好嗎？
我超介意！你竟然連婚禮都不願意脫掉這套棉花糖衣服！

假如不想落得這種下場，就必須在棉花糖剛纏上身體時，馬上衝回家洗澡！限時一小時，只要在時間內沖洗掉所有的棉花糖，就能化解危機！

萬一真的不小心買到人臉棉花糖怎麼辦？

不妨念咒語三次：「人臉棉花糖，吃了不會胖！」

這樣子，人臉棉花糖就會變回普通棉花糖，可以安心吃下肚！

人臉棉花糖，吃了不會胖！
人臉棉花糖，吃了不會胖！
人臉棉花糖，吃了不會胖！

順便一提，吃完棉花糖後，竹籤不要丟掉喔！回家仔細一看，會發現竹籤上有一排小字，有的是「一路平安」，或是其他的祝福籤詩。

至於會拿到什麼籤，就全看運氣了。

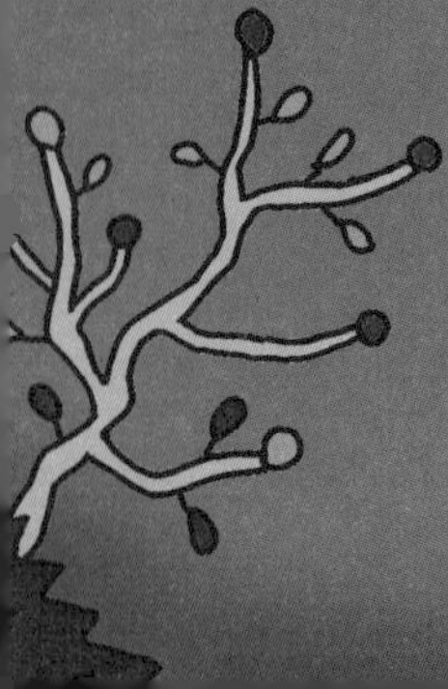

我抽到「生產順利」！媽媽的肚子裡有小寶寶，我要送給媽媽！
烤香腸
炒麵
章魚燒
生產順利

## 盂蘭盆狂舞魔

一般來說，遊客可以站在廣場的外圍，好好的觀看日本的盂蘭盆舞。但假如現場有「盂蘭盆狂舞魔」出沒的話，則是另一回事了……

*日本的盂蘭盆節類似台灣的中元節。

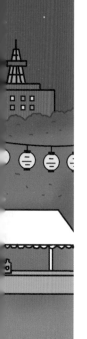

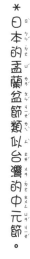

祭

原本的配樂結束後，擴音器會傳出「來來來、跳跳跳」的吆喝聲，並開始播放奇特的歌曲。

到了這個時候，事情就非同小可了！

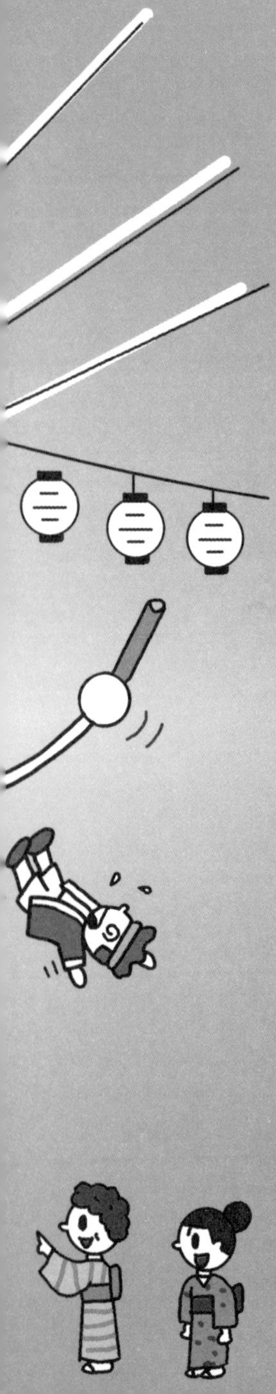

小妖怪呀！小妖怪呀！

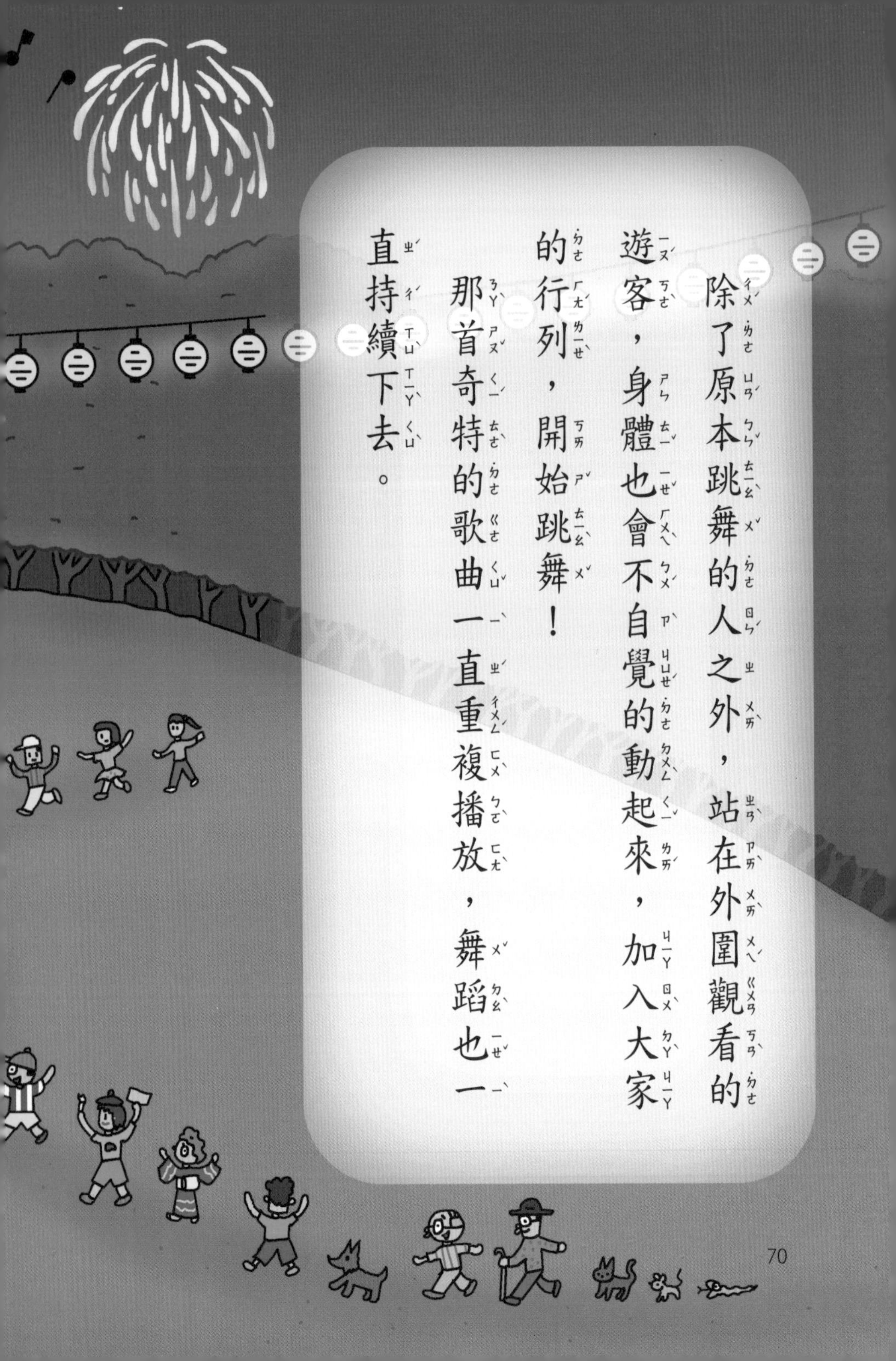

除了原本跳舞的人之外，站在外圍觀看的遊客，身體也會不自覺的動起來，加入大家的行列，開始跳舞！

那首奇特的歌曲一直重複播放，舞蹈也一直持續下去。

♪出了書就大賣呀！小妖怪呀！
小妖怪呀！

當遊客回過神來，才發現祖先們也回到了人間，一起加入跳舞的行列！不僅如此，還有形形色色的小妖怪前來共襄盛舉，熱鬧非凡！

唯有這個時候，那些原本愛使壞的小妖怪絕對不會作怪，大可放心！

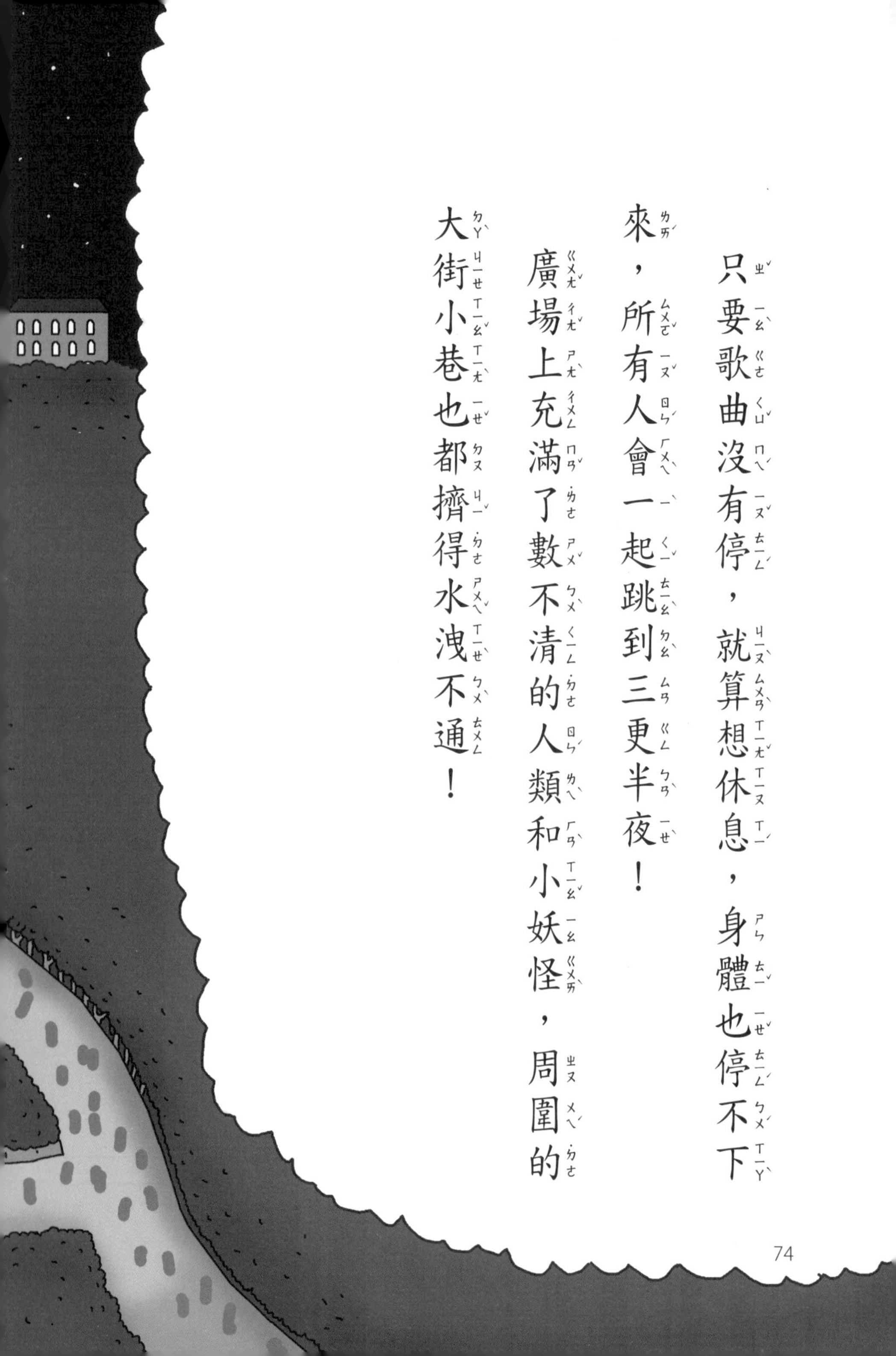

只要歌曲沒有停，就算想休息，身體也停不下來，所有人會一起跳到三更半夜！廣場上充滿了數不清的人類和小妖怪，周圍的大街小巷也都擠得水洩不通！

大賣絕對沒問題！

到了凌晨零時，歌曲突然結束，大家終於不用再跳舞了。身邊的祖先和小妖怪，也都在不知不覺中消失無蹤。

雖然每個人的身體都累壞了，但心裡卻很滿足又開心呢！

## 作者・齊藤　洋

出生於東京。主要的作品有《日本小妖怪》、《企鵝》、《黑貓魯道夫》等系列。

你喜歡〈盂蘭盆狂舞魔〉裡的歌曲嗎？

## 繪者・宮本悅美

出生於大阪。主要的作品有《高麗菜偵探》等系列。

有祭典的地方，就會變得跟平常不一樣，想必是小妖怪搞的鬼吧！

國家圖書館出版品預行編目資料

祭典裡的小妖怪：人臉棉花糖／
齊藤洋 文；宮本悅美 圖；伊之文 譯.
-- 初版. -- 臺北市：三采文化，2025.2
-- 面；公分. --（小妖怪系列）

ISBN 978-626-358-562-1（精裝）

861.596　　113017655

suncolor 三采文化

【小妖怪系列 32】

# 祭典裡的小妖怪：人臉棉花糖

作者｜齊藤 洋　繪者｜宮本悅美　譯者｜伊之文
兒編部總編輯｜蔡依如　責任編輯｜吳僑紜
美術主編｜藍秀婷　美術副主編｜謝孃瑩　封面設計｜李蕙雲　美術編輯｜李莉麗
行銷統籌｜吳僑紜　版權協理｜劉契妙

發行人｜張輝明　總編輯長｜曾雅青　發行所｜三采文化股份有限公司
地址｜台北市內湖區瑞光路 513 巷 33 號 8 樓
傳訊｜ TEL: (02) 8797-1234　FAX: (02) 8797-1688　網址｜ www.suncolor.com.tw
郵政劃撥｜帳號：14319060　戶名：三采文化股份有限公司
本版發行｜ 2025 年 2 月 7 日　定價｜ NT$300

《OMATURI NO OBAKE-ZUKAN ZINMENWATAAME》
© Hiroshi Saito/ Etsuyoshi Miyamoto [2021]
All rights reserved.
Original Japanese edition published by KODANSHA LTD.
Traditional Chinese publishing rights arranged with KODANSHA LTD.
本書由日本講談社正式授權，版權所有，未經日本講談社書面同意，不得以任何方式作全面或局部翻印、仿製或轉載。

著作權所有，本圖文非經同意不得轉載。如發現書頁有裝訂錯誤或污損事情，請寄至本公司調換。 All rights reserved.
本書所刊載之商品文字或圖片僅為說明輔助之用，非做為商標之使用，原商品商標之智慧財產權為原權利人所有。

# 小妖怪系列

有一點恐怖，但是超好看的啊！

海洋裡的小妖怪

森林裡小妖怪

城市裡的小妖怪

校園裡的小妖怪 ❶

小妖怪大圖鑑
精選全書系186隻小妖怪

交通工具小妖怪

醫院裡的小妖怪 ❶
妖怪救護車

校園裡的小妖怪 ❷
一日轉學生

校園裡的小妖怪 ❸
打不開的教室

持續出沒！

公園裡的小妖怪 ❶
隱形尿尿小童

校園裡的小妖怪 ❹
被拋棄的書包

家裡的小妖怪 ❶

動物界的小妖怪

家裡的小妖怪 ❷
幽靈電話

餐廳裡的小妖怪
迴轉過頭壽司店

運動場的小妖怪 ❶

運動場的小妖怪 ❷
撐竿彈簧棒

餐桌上的小妖怪
阿飄冰沙樂

校外教學小妖怪
夢幻觀光工廠

都市傳說小妖怪 ❶
吐舌飲料罐

都市傳說小妖怪 ❷
刷牙千次怪

小學生的小妖怪
睡過頭時鐘

大都會的小妖怪
幽靈鐵塔

四季的小妖怪
南瓜小女孩

醫院裡的小妖怪 ❷
萬能醫生

公園裡的小妖怪 ❷
人臉獨角仙

家裡的小妖怪 ❸
妖怪電視

校園裡的小妖怪 ❺
妖怪入學典禮

家裡的小妖怪 ❹
鞋櫃寄生蟲

城市裡的小妖怪 ❷
黑漆漆人孔蓋

旅行的小妖怪
紀念品老公公

校園裡的小妖怪 ❻
黑洞掃具櫃

祭典的小妖怪
人臉棉花糖